# 原振俠
系列
少年版

# 01 天人

作者：倪匡　　文字整理：耿啟文　　繪畫：東東

# 序

回想《衛斯理系列少年版》推出之時，作者倪匡對此大感讚嘆，更樂為之序，後來與他談及改編另一個科幻小說系列《原振俠》，他也笑言喜見其少年版。遺憾倪匡已不能在地球上看見這部作品順利誕生，但願他在某個角落得知，活着的人依然秉承他的心願，繼續推廣其作品，讓更多少年人認識他的創作，好讓這些不朽經典流傳下去。

明報出版社編輯部

# 目錄

角色介紹
黃絹
在法國的畫廊工作，充滿神秘感的女子。個性倔強，神態高傲。
原振俠
在日本輕見醫學院留學的醫科三年級學生。溫文、帥氣、聰明。

卡爾斯將軍
鐵男奇人
泉吟香

## 第十一章

鐵男調查泉吟香的車子，竟發現不少證據，指向她就是挖掘墳墓，甚至砍下輕見博士屍體頭骨的疑兇。

鐵男望着泉吟香車尾箱內的鏟子和白綾，呆呆地發着怔，然後突然拿起那**鏟子**，轉身離開。守着車子的四名警員立刻叫住他：「等等啊！那是私人物品！」

但鐵男已經直奔進酒店的商場，擠過了一些人，來到正在拍攝的泉吟香面前，舉起鏟子質問：「輕見博士的頭顱在哪裏？快從實招來！」

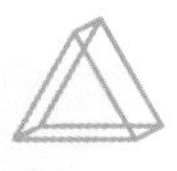

旁人還以為這是電影劇情的一部分，但泉吟香小姐發出了一下尖叫聲，接着那四名警員已趕到，將鐵男挾住，拖了開去，大家才知道那不是在演戲。

鐵男的行徑驚動了警局高層負責人，好幾個高級警官一起向泉吟香小姐鞠躬致歉，然後回到警局，把鐵男責罵個體無完膚。

「我有證據證明泉小姐曾偷挖過一座墳墓，非法損壞了其中的屍體！」鐵男分辯道。

但高級警官依然罵聲不絕，認為鐵男胡說八道，證據不充分。

鐵男嘆了一口氣，從那一刻起，他就決定利用自己的時間來調查這件事。

鐵男好幾次想接近泉吟香，但他發現那幾乎是不可能的事。因為在她的周圍，永遠有着那麼多人。而且鐵男知道自己一現身，只會換來上次同樣的遭遇，甚至會被革職。

不過鐵男沒有放棄，一等到自己可以請假的時候，就來東京跟蹤泉吟香，一直等待質問她的機會，如今他終於找到機會了。正準備行動之際，原振俠卻恰巧來找他。

原振俠聽完鐵男的敘述，忍不住勸道：「鐵男君——」

鐵男不等他講完，就惱怒地說：「別說我是瘋子，這種指責，我聽得太多了！」

原振俠苦笑了一下，「我絕不懷疑你搜集到的證據。但是那些證據，最多說明泉小姐的車子曾經到過墳場去，不能直接證明駕車的是她。況且，這樣一個紅透半邊天的大明星，為什麼要去盜墓，砍下死人的頭來？別忘記，她是一個嬌弱的女子。」

鐵男悶哼了一聲，「她到底是不是元兇，今天我將有機會問個一清二楚。本來我打算單獨行動的，既然你

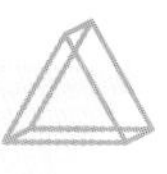

來了，正好一起去，多一個人作**見證**！」

原振俠一點也不知道，鐵男所指的「機會」是什麼，呆呆地問：「去哪裏？」

鐵男不多解釋，只說：「**跟我來**！」

四十分鐘後，他們來到了機場，這大大出乎原振俠**意料之外**。

鐵男到了機場後，直闖進一間小型飛機出租公司，一名女職員站起來，說：「先生，你要的飛機準備好了，

請你在這些文件上簽字。」

鐵男看也不看，就在文件上簽了字。一名員工馬上帶他們來到停機坪的一角，那裏停着許多小型飛機。此時有一大堆人群聚集在另一架小型飛機的旁邊，圍着一個準備登上飛機的女子拍照。

由於隔得相當遠，原振俠看不清那女子是誰，但猜測着問鐵男：「那是泉吟香？」

鐵男沒有回答，只說：

「快，我們要遲了！」

他奔向面前的小型飛機，原振俠只好跟在後面。兩人一進了機艙，鐵男的動作純熟得令人難以置信，顯然是個熟練的飛行員。

不到三分鐘，由鐵男駕駛的小型飛機，已經衝上了天空。原振俠向下看去，看到泉吟香的飛機也開始在跑道上滑行了。

鐵男駕駛飛機在上空盤旋，原振俠這才恍然大悟：「你想利用飛機上的無線電和她通話？」

鐵男點頭道：「對，這樣她就避無可避，而且不會有人來阻止我！」

原振俠萬萬料不到鐵男會想出這樣的方法來質問泉吟香，鐵男緊盯着泉吟香駕駛的飛機説：「她會飛往富士山，這是她的癖好之一，一個月至少有兩三次這樣的單獨飛行，觀賞雪峰，排解壓力。」

泉吟香的飛機漸漸飛遠，鐵男操縱着飛機追上去，同時調整着無線電通訊的頻率，他的聲音變得低沉，叫着那架飛機的機號，說：「泉小姐，請你答話，請你用以下的頻率答話，指揮塔有重要的事情通知！」

鐵男呼叫了兩遍，就聽到泉吟香的回答：「指揮塔，有什麼重要的報告？」

鐵男吸了一口氣，清晰地問：「我可以肯定，你曾經偷掘輕見博士的墓，還將他的頭顱砍了下來，為什麼？」

只見泉吟香的飛機擺動了一下，鐵男冷笑着說：「你感到震驚了，老實說，這並不是什麼嚴重罪行，你只要坦白說出原因，或許可以私下和解，不讓外界知道。」

泉吟香不再回答他，飛機突然升高，加速向前飛去。鐵男也採取同樣的行動，而且愈逼愈近，用嚴厲的

語氣威嚇對方回答問題。

雙方的速度愈來愈快，在儀表上已經接近**危險**的紅色警號。原振俠手心冒汗，大聲勸止：「鐵男，算了！」

鐵男**青筋暴現**厲聲道：「不行，我一定要知道她為什麼這樣做！泉小姐，快回答我，不然，就算追到天邊，我也絕不會放過你！」

　　這時飛機已經到了連綿山峰的上空，雙方在山峰與山峰之間追逐，泉吟香正竭力擺脱鐵男的飛機，但鐵男咬緊

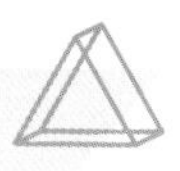

牙關追着，不斷逼問：「你逃不掉的，快回答我的問題！」

原振俠想阻止鐵男，可是已經太遲了。前面是一座極高的山峰，兩架飛機正以超過危險的速度飛過去，而泉吟香的飛機在他們前面大約三百米，傾側想避過那座山峰時，機翼的翼尖卻擦到了岩石，斷裂下來。

她的飛機立時像落葉一樣打着轉跌下去。

原振俠呆住了，鐵男也臉色發青。泉吟香的飛機已經消失無蹤了，向下看去，全是連綿的山峰和積雪。

原振俠忍不住怒罵：「你這個瘋狂的笨蛋，弄出事了！」

但他們的飛機也出了毛病，正在顫動着。

「糟糕！要馬上找地方降落！」鐵男急忙地操作着。

原振俠向下看去，前面不遠處是一個狹長形的湖，湖水黝黑而閃閃生光。

鐵男操縱着飛機，向那個湖飛去，一面喃喃地說：「那是黑部湖，坐穩，我們要在水面緊急降落！」

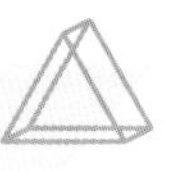

飛機緊急降落引起了強大的衝擊力，還產生劇烈震盪……

日本傳媒的效率一向驚人，意外發生後不久，便緊急報道了「**泉吟香墜機，下落不明**」的突發新聞。

搜救直升機一架又一架自基地起飛，前往出事地點——奧穗高岳。

到了第二天，新聞內容更詳盡了。鐵男的照片出現在各大**報紙**的頭版，附加的說明是：「瘋狂影迷追星，原大阪市警局刑警。」

警方查出鐵男和另一「不知名男子」，租用了一架飛機，去**追逐**泉吟香的飛機，導致泉吟香飛機失事。記者推測那兩人是瘋狂影迷，而他們的飛機也**墜毀**在黑部湖之中。

飛機是由鐵男租借的，所以他的身分一查就明。而據出租飛機公司的職員稱，鐵男是和一個年輕男子一起上機的。這個年輕男子是什麼人，日本警方暫時查不出來，但黃絹一看到警方根據職員**描述**所繪的圖，便知道那是原振俠！

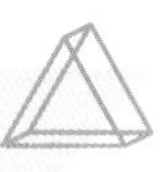

# 第十二章

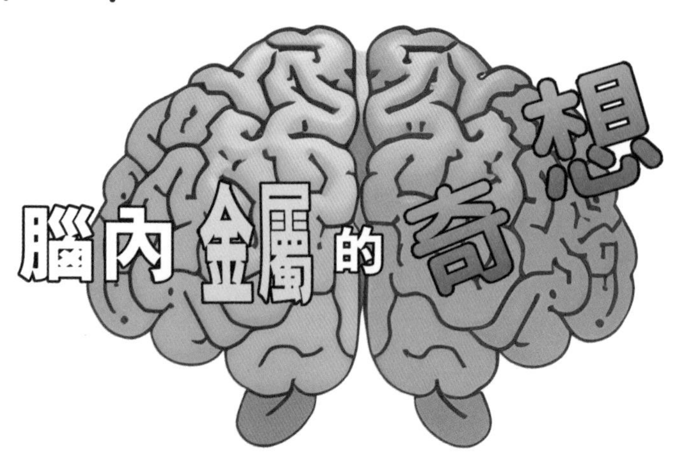


黃絹向來是個來去不定、行蹤飄忽的人，自從那次離開北非，與原振俠分別後，她便辭掉了藝廊的工作，來到香港。

她刻意斷絕和原振俠的聯繫，是怕自己會對原振俠產生好感。她是個充滿**進取心**的人，不想受到愛情的羈絆，而且，當時她很擔心自己隨時會死。

那是因為當晚在酒店房間，替昏倒的卡爾斯照X光時，她在手提X光儀的熒光幕上，看到了卡爾斯腦部的情況。雖然很快就因電線短路而停電，但由於她一直盯着熒光幕，所以在那不到半秒的時間裏，她看得比原振俠清楚，原振俠恐怕只看到十分之一秒。

她看到卡爾斯將軍的頭部正中的位置，有着一大片陰影。那實在是不可能的事，沒有人腦部會存在這麼大的一片陰影！

黃絹不是醫生，只是一個藝術家，但由於父親是著名的腦科專家，她看過很多人頭部的X光片。有時候，父親興致好，還會向她解釋人腦結構。

黃絹知道，人的腦部只要有針尖大小的一個小瘤，已經是非常嚴重的事，甚至會危及性命。而她卻在卡爾斯將軍的腦中，看到了這麼大的一片陰影！

那片陰影是X光透不過的，看起來像是一大片金屬

片嵌在卡爾斯將軍的腦中！

這就是輕見博士和卡爾斯將軍腦部的**秘密**嗎？而看到這個秘密的人，例如原振俠的室友、黃絹的父親，都隨即死去，像是有一種神秘的力量在保守着這個秘密，所以當時黃絹也以為自己很快會死。

但死亡沒有到來，而那X光*陰影*的謎團，一直在黃絹腦海中揮之不去。

到了香港之後，黃絹藉着父親的關係，拜會了幾位著名的腦科專家。黃絹用炭筆將當日看到的X光影像具體畫出來，向那些專家請教。

她問其中一位：「徐博士，一個人的頭部經X光**照射**後，出現這樣的影像，那説明了什麼？」

徐博士一看到那幅畫，就忍不住**哈哈大笑**

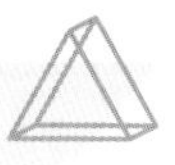

起來，「黃小姐，這是你的藝術創作，沒有一個人的腦部X光片會是這樣子的！」

黃絹也不是第一次聽到這樣的回答了，幾乎每位專家都是這樣回應，她連忙說：「就當有一個人的腦部是這樣子，請問那說明什麼？」

徐博士止住了笑聲，神情也變得認真，盯着那幅畫，說：「看來這人的腦中有一片……金屬片？這金屬片看來正好在大腦的左右兩半之間——中央縱裂的位置。而且金屬片一定極其堅硬和鋒利，不然無法插進頭骨之中。」

黃絹追問道：「如果一個人的腦部有着這樣的金屬片，會對他有什麼影響？」

徐博士怔了一怔，忍不住又笑了起來，「沒有，一點影響也沒有。」

黃絹**呆了一下**，徐博士接着說：「因為這個人立刻就死了，還會有什麼影響？什麼都不會有了。」

黃絹嘆了一口氣，她問過的所有專家，答案全是一樣：人的腦部如果有着這樣的金屬片，**是絕對不可能活下去**。

然而黃絹卻清楚知道，卡爾斯將軍的腦中，就有着這樣的金屬片！

當然，她沒有對任何人提起這一點，就算提了也不會有人相信。

黃絹沉思數天，才又通過幾個人的介紹，跟一個向來以**想像力**著稱的人見了面。

那位衛先生，一直有不少怪事發生在他身上，他聽了黃絹的描述後，第一個反應是拍腿道：「如果有這種情形，那一定是**機械人**！」

黃絹呆住了，她曾作過各種猜想，卻從未想過「機械人」這一點。但她呆了一呆之後，馬上**搖頭**說：「不，他不是機械人，為什麼你有這樣的想法？」

衛先生皺着眉，解釋道：「金屬片在腦中，可以起指

揮腦部活動的作用。如果這是機械人，那麼該金屬片就是指揮機械人活動的**電腦組件**。」

黃絹有種茅塞頓開的感覺，但又苦笑了一下，「你的想法很獨到，也很有道理，不過那真是一個人。」

衛先生好奇地問：「真有這樣的人？」

為免**節外生枝**，黃絹不便透露太多，便打哈哈説：「當然有，在我的想像中，哈哈，謝謝你的意見。」

當她道別離開之際，衛先生送到門口時忽然笑道：「黃小姐，如果玩中國**文字遊戲**，你的名字和我太太的名字，倒是對得非常絕妙。」

黃絹「哦」地一聲問：「你太太的名字是——」

衛先生笑了笑，剛想説出他妻子的名字，**電視**忽然報道泉吟香飛機撞山的大新聞，吸引了他們的注意。

黃絹聽了新聞中的描述，又看了日本警方發出的疑

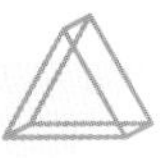

犯拼圖，便知道和刑警鐵男在一起的那個「不知名年輕男子」，就是**原振俠**。

泉吟香的飛機殘骸，散落在上下兩百米的山峰上，那是海拔達三千一百九十米的奧穗高岳，山頂幾乎終年積雪，這時更是**白雪皚皚**。斷折的機翼、破碎的機身，散落在積雪中。救援隊雖然立即出發，但至今仍未發現泉吟香的屍體。

至於降落在黑部湖的那架飛機，早已**沉沒**於冰冷的湖水之中，而關於打撈沉機的報道甚少，顯然所有注意力都集中在**搜救**泉吟香方面。

黃絹十分擔心原振俠的生死，第二天終於按捺不住，乘搭最早的航班到了東京，再租一架直升機前往黑部湖。

當她獨自一人站在黑部湖邊時，已經是**黃昏**時分。夕陽的餘暉映在黑沉沉的湖水上，閃起一片金紅色。但她

沒有心情去欣賞眼前景物，只見兩個身穿政府部門制服的

人向她走來，疑惑地問：「小姐，你搭直升機來，獨自露

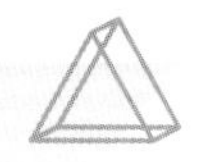

營？」

黃絹搖了搖頭，「不，我來找人！」

「找人？」那兩人更疑惑了。

黃絹直接問：「你們什麼時候開始打撈沉下去的飛機？有兩個人在飛機上，你們知不知道？全世界都忘記了這兩個人，只記得那個明星！」

他們一副提不起勁的樣子，其中一個說：「是，有兩個人在機內。可是你知道湖水有多深嗎？先得潛水下去，看看飛機在哪裏。可是湖水接近冰點，沒有潛水人員肯下去。」

另一個人補充道：「那兩個人的屍體浸在湖水裏，反正夠冷，過十天八天也不會腐爛——」

黃絹實在無法再聽下去，緊握雙拳說：「只要你們有潛水設備，我下去！」

# 第十三章

那兩個政府人員聽到黃絹要下水搜救，連忙勸道：「小姐，你別**衝動**，請到我們的地方去，慢慢再商量吧。」

黃絹竭力使自己冷靜，深深吸了一口氣，說：「好。」

他們來到一間相當簡陋的屋子，裏面還有幾個人在，所有人都聚精會神看着電視，電視正在報道**搜索隊**到達墜機現場的情形，依然未找到泉吟香。氣象局表示，今晚

的氣溫會下降至攝氏零下十二度，更有暴風雪在醞釀中。

黃絹進來時，大家的注意力全集中在電視上，直到她突然說：「如果這裏沒有人敢潛水的話，明天我下水去，打撈另外那兩個人！」

她這句話實在太挑釁了，屋裏幾個人當中年紀比較大的還沉得住氣，兩三個年輕人就穩不住，霍地站了起來，漲紅了臉，大聲道：「誰不敢下水？我們是不願意！那兩個人害死了泉小姐——」

黃絹立時說：「泉小姐不一定已經死了！」

那年輕人更激動，「你認為在這樣的情形下，還有人可以生存嗎？」

黃絹想也不想，就衝口而出：「我知道曾有人被埋在濕土裏三小時也沒死，亦有人在沙漠的烈日下，曝曬了四天仍然生存！」

那年輕人顯然聽不懂黃絹的話，怔了一怔，「你說什麼？」

「算了，當我沒說過！」黃絹揮了揮手，無意再說下去，只是盯着那年輕人，「明天一定要去打撈，如果沒有人去，我一個人下水！」

那年輕人嘆了一口氣，「一個人下水太危險，至少加上我，我叫孟雄。」

接着，屋子裏每一個人都報了自己的名字，黃絹也向各人介紹了自己。

當天晚上，她分配到一個睡袋，睡在屋子的一角，但她根本無法入睡，整晚擔心着原振俠的生死。

夜雖然漫長，但終究還是過去了。

當看到天亮之際，黃絹鑽出了睡袋，穿上外衣，走出了屋，望着黑部湖。

她背後響起了孟雄的聲音：「你這麼早就想開始了？」黃絹正想回答，卻聽到孟雄忽然又說：「你們是什麼人？」

黃絹轉過身來，看到四個裝束打扮十分怪異的人，穿着厚厚的禦寒衣服，套着頭罩，只露出一雙眼睛。

其中一人突然揮拳打向孟雄的肚子，黃絹看到那人的拳頭上，套着金光閃閃的鋼環。

孟雄痛得彎下腰來。這時，另外兩人已來到黃絹身邊，一個冷冷地說：「黃絹小姐，有一個老朋友要見你！」

黃絹學過自衛術，可是那兩個人來到她的身邊之後，立時挾住了她的手臂，拖着她向前走。黃絹一面竭力掙扎，一面尖叫起來。

在她的尖叫聲中，孟雄開始反抗，屋子裏的人也全

奔了出來。

可是這時，出現了相同裝束的第五個人，而且還提着**機關槍**，用流利的日語說：「有一個老朋友請黃小姐去見面，我們不想其他人牽涉在內！」

黃絹厲聲問：「什麼人？」

那人轉過頭來，「是一位偉大的**將軍**，他欣賞你，想見見你！」

卡爾斯將軍——黃絹馬上就想到是他了！

這時，她看見孟雄和兩個年輕人在互使眼色，一副躍躍欲試的樣子。她連忙勸道：「各位不要妄動，他們是受過訓練的**恐怖分子**，我不會有事的，讓我去好了！」

黃絹還向她身邊那兩個人喝道：「**放開我**，我自己會走！」

那兩人向持槍的看了一眼，看來是五人中的首領，他

點了點頭，然後**警告**孟雄他們：「你們當這件事沒有發生過，如果你們報警，黃小姐就活不成了！走！」

四個人圍着黃絹，那首領帶路，向前走去。他們走的路線並不是沿着湖岸，而是迅速進入山區。黃絹冷笑着，「看來卡爾斯將軍給的**酬勞**不太足夠，你們連直升機也弄不到一架？」

那首領冷冷道：「到了針木谷，就有車子！」

他們一直走，風勢正在▶迅速▶加強，甚至令人無法迎風站立，要轉過身來，背對着風。其中一人大聲道：「還是回到湖邊吧，這樣的天氣，只怕很難走到針木谷！」

首領卻固執道：「不行！向前走！」

他們只好半側着身子，頂住刺骨的寒風，吃力地將一隻腳自積雪中提出來，踏下去，然後又提起另一隻腳，每一步都要消耗巨大的體力。

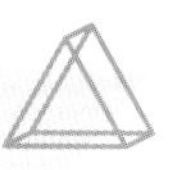

沒多久，大塊大塊的雪團夾在強風之中，漫天遍山灑下來，氣象局預測的暴風雪來臨了！

幾秒鐘之前，視線還可以觸及附近的山峰，但突然之間，只見到白茫茫一片。那首領也驚慌起來了，大聲道：「快找一處可以避風的地方！」

他一面叫，一面順着風勢向前奔，才奔出幾步，就仆倒了，如千軍萬馬般的雪團，立時蓋住了他。

另外四人呆住了，黃絹卻比他們鎮定，一看到那首領仆倒地上，立時衝向前，搶去地上的機關槍。

可是風雪也將她吹得跌倒，順着風勢滾動着。

黃絹已經看不到他們了，相信已全被雪掩埋，她試圖站起來，可是每次站起了，很快又被暴風吹得滾到更遠。

她無法與暴風雪對抗，只能順着風勢不斷向前滾去。直到突然之間，她的身子撞到一大塊雪團上，才停下來。那其實是一塊凸出來的大石，表面已積了厚厚的雪，而黃絹一半的身子已陷進雪中。

這時黃絹開始想到了死亡，因為暴風雪不知道會持續多久，哪怕只是一天，入山的路也會完全封閉，沒有人知道她在哪裏，自然不會有救援隊來找她。恐怕要等到來年夏天，積雪融化了之後，才會有登山者發現她的屍體。

當她想到這一點的時候，忽然看到茫茫白雪之中，好像有一點不屬於白色的東西在移動着。那東西漸漸移近，黃絹看清楚了，那是一個人！

她立時叫起來，雖然連她自己也聽不到自己的叫聲，但她還是叫着，一面叫，一面掙扎着站起來。她剛站起，又被風吹倒，向前滾動着。

這樣一滾，她離那個人倒更近了，而那人顯然也在掙

扎着向她走去。當黃絹終於和那人面對面的時候，黃絹整個人都呆住了，因為眼前這個人正是原振俠！

# 第十四章

黃絹見到原振俠雖然驚喜萬分，但同時身體亦終於支持不住，一下子就昏了過去。

原振俠絕未想過會在這樣的情況下跟黃絹重遇，這幾乎是不可能的事。所以他一開始還以為是幻覺，直到他伸手緊緊地握住了黃絹的手臂，才知道這是實實在在的事——黃絹又再度出現在他的眼前了！

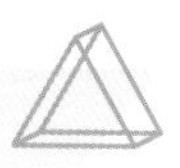

暴風雪愈來愈猛烈，他只好抱着黃絹，慢慢地移動着，走進一個山洞。

那個山洞是原振俠和鐵男失散之後找到的，那時暴風雪才開始。

山洞相當深，洞壁上結滿了冰，絕不是什麼好地方，可是跟外面比起來，已像是天堂一樣。

原振俠雙手捧着黃絹的臉頰，他的手是冰冷的，黃絹的臉頰也是冰冷的，但加在一起，卻漸漸地產生出熱力。

黃絹漸漸睜開眼來，難以置信地望着原振俠。原振俠什麼也沒有說，立時緊緊地抱着她。

原振俠何以在這裏出現，得從那小型飛機在湖面上緊急降落説起。由於鐵男缺乏緊急降落的經驗，飛機落水的衝力使機身破裂，冰冷的湖水立刻湧進來。幸好他們兩人當機立斷，從破碎的窗中穿了出去。儘管湖水那麼冷，他們還是拚命游着，避開飛機下沉時帶起的**漩渦**。

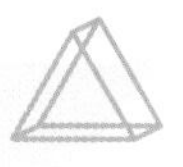

他們費盡力氣，向岸邊游去，幾經掙扎終於上岸後，看到不遠處有一間**小木屋**，連忙跑過去。那是已荒廢的屋子，但幸好還有一些破舊的衣服，兩人立刻將身上的濕衣服換掉。

換過衣服後，原振俠大力搖晃着鐵男的身體，怒罵道：

鐵男一臉**內疚**，着急地說：「這裏離墜機處不是太遠，我們可以去找她。」

原振俠嘆了一聲，放開了鐵男，「走吧，希望有奇蹟！」

屋子裏還有一些過期的乾糧，但此刻對他們兩人來說，已是久旱中的甘露。他們吃了一些，把餘下的盡量帶在身上，然後便離開小木屋，向泉吟香墜機的奧穗高岳進發。

從黑部湖到奧穗高岳，地圖上的直線距離並不遠，但全是高山峻嶺，走起來極為困難。他們掙扎着走到天黑，還沒有走出黑部湖的範圍。

他們經過一個不知名的小溫泉時，已經累得走不動了，於是先坐下來休息。

事情發展到這地步，鐵男依然相信自己的判斷：「一定是她！掘開輕見博士墳墓，取走了屍體頭顱的人，就是她！」

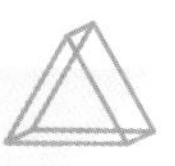

「現在都**無關緊要**了。」原振俠說。

「你的意思是她死了？」鐵男盯着原振俠，堅持道：「**她不會死**！她絕不是普通人，不然她怎麼會跟輕見博士的屍體扯上關係？」

原振俠心頭怦怦亂跳，鐵男的話提醒了他，如果鐵男的推斷沒有錯，那麼泉吟香和輕見博士之間肯定有着某種**聯繫**。

「如果泉吟香真的沒有死，那麼她很可能和輕見博士是同一類人，我告訴過你，輕見博士年輕時曾經被埋在泥土裏幾小時仍然活着。而像這樣的人，我至少還知道有一個，那就是卡爾斯將軍！」

鐵男現出疑惑的神情來，原振俠就將卡爾斯、黃絹，還有勘八將軍頭顱藏着金屬片等等的事，全都告訴他。

鐵男不禁**驚呼**：「天！他們究竟是什麼人？」

「我不知道，但肯定和我們不同。」原振俠説：「卡爾斯和輕見博士的頭顱裏，很可能也像勘八將軍那樣，有着一片金屬片。而且，研究這金屬片的陳山死了；看過輕見博士頭部X光片的五郎死了；黃教授也在看了卡爾斯頭部的X光片後死掉。就像有一股**神秘力量**在背後。」

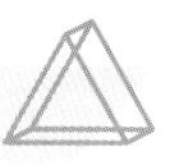

鐵男神情**迷惘**道：「這已經超出我的職業訓練之外，我只懂抓賊，卻不知道該怎麼應付神秘力量。」

而泉吟香是否這一類人，只要找到她，看她能否奇蹟地**生還**，便一清二楚了。

他們休息過後，繼續往深山走，一直到那場暴風雪來臨。暴風雪突如其來，**強風**將鐵男和原振俠吹得分開，各自在雪地上打滾，很快互相就看不見對方了。

原振俠掙扎着，竭力使自己不被暴風左右，但還是滾下了一個峭壁，跌在積雪上。不過，他幸運地發現了一個山洞。他在山洞休息了片刻，再出去找鐵男，依稀看到前面不遠處有人，還以為是鐵男，可是**出乎意料之外**，竟讓他遇到了黃絹。

這就是原振俠與黃絹重遇的經過，現在他們在山洞裏避風雪，緊緊相擁，**互相取暖**，暫時保住了性命。

至於鐵男，他的處境比原振俠**惡劣**。他從一個十米高的懸崖跌下去，滾到很遠才停下。他掙扎着站起來，緊貼着一面山壁，低着頭向前走。在風雪愈來愈大的時候，他發現了一條狹窄的**山縫**。

他連忙閃身進去，大口大口吸着氣。説是山縫，其實也可以算是一個極窄的山洞，縫頂上的**岩石**是連結着的。鐵男側着身子，盡量向內擠，直到無法再擠進去的程度，才停下來。

他身子的左邊是山縫口，寒風從洞口捲進來，令得他感到一陣**麻木**，而右半邊身子靠着裏面，沒受到寒風直接吹襲，甚至感覺到一絲絲暖意，令他覺得縫裏好像有其他動物。

他的頭不能轉動，只能靠右手去摸索，立即就碰到了什麼，那顯然是**衣服**！

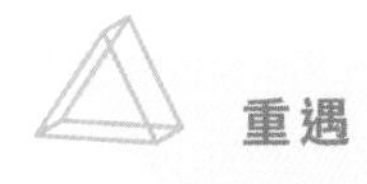

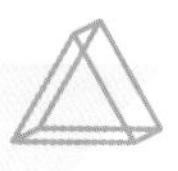

「原，是你嗎？」鐵男第一個想到的是原振俠。

他依稀聽到了一下**呻吟聲**，便立即挪動身子，勉力轉過頭去，他看到了一個人，單憑衣著就能認出，那是身形嬌小的泉吟香！

鐵男振奮得難以形容，大叫道：「泉小姐！泉吟香小姐！」

泉吟香有了反應，望着鐵男，**口唇**顫動着，發出極輕微的呻吟聲來。

鐵男伸手握住了泉吟香的手臂，用力**搖撼**着她的身子，叫着：「泉小姐，振作些！你要振作些！不要昏過去！」

泉吟香根本無法自己站直，整個人突然靠在鐵男的半邊身上。

「**振作啊！**」鐵男單手抱住了泉吟香，給她取暖，寒風則因為有鐵男擋住了縫口而大為減少。

泉吟香的視線看來也不再那麼**散漫**望着鐵男說：「原來……是你。」

鐵男**苦笑**了一下，一時之間不知道說什麼好。泉吟香看來已振作了不少，身體不再緊靠着鐵男，她眨着眼說：「你不會再問我，關於盜掘**墳墓**的事了吧？」

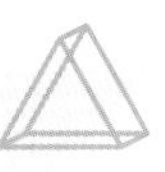

在這樣的情形下，絕對不適宜討論這個問題。但泉吟香的話勾起了鐵男的心事，鐵男嘆了一聲，還是說了一句：

泉吟香垂下眼瞼，緩緩地點了點頭。

# 第十五章

一看到泉吟香承認了盜掘輕見博士墳墓的事，鐵男的呼吸立時**急促**起來，忍不住追問：「為什麼？」

在這樣惡劣的環境下，泉吟香哪裏能詳細解釋？她是第一流的演員，根本不必講話，只是擺出**乞憐**意味的眼神

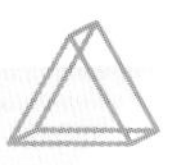

和微笑，鐵男便嘆了一聲，「好吧，我暫時不問，現在設法脱離險境要緊。」

泉吟香點了點頭，鐵男轉頭向山縫外看了一眼，不禁苦笑，在這樣惡劣的環境下，他們有什麼方法能**脱險**？不過，想想泉吟香墜機三天也可以絲毫無損地生還着，那還有什麼是**不可能**的？

他盯着泉吟香，疑惑道：「你是怎麼熬過這三天的？」

泉吟香現出迷惘的神色，「我也不知道。當時飛機墜落得極快，但不知怎地，我居然**敏捷**得出奇，能及時跳傘逃生，落到雪地上。但天氣太冷了，我必須找個地方避風雪，結果來到這裏。」

「這三天你沒有吃過東西？」鐵男**驚訝**地問。

泉吟香搖頭，鐵男立即從衣袋裏摸出那些過期乾糧給她，泉吟香接過之後，細細地吃着。

搜索隊的工作還在進行，但等到鐵男和泉吟香終於被發現的時候，那已經是暴風雪結束後第八天的事了，而且發現的過程還相當曲折。

黃絹被五名恐怖分子擄走後，孟雄等人考慮了好一會，最後還是報警了。

一聽到有恐怖分子出現，警方大為緊張，立即調動七位經驗豐富的警官，組成特別小隊，以最短的時間到達了針木谷，可是當時的天氣壞得令警員無法再向山區前進。等天氣一轉好，特別小隊立即繼續進發，過程相當艱辛，搜索了許久，走在最前面的一個隊員突然叫道：

「看前面！」

大家都向他指的地方看去，發現了一點黑色的東西，露出積雪外。

幾名隊員馬上走過去看看，竟發現那是一隻人手

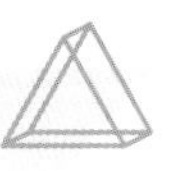

戴着黑色的手套，緊緊地握着拳。

他們挖開積雪，將那個人拉了出來，看到他身穿黑色的衣服和頭罩，只有**眼睛**露在外面，正是孟雄所形容那些恐怖分子的裝束。

如今這名恐怖分子的眼珠成了可怕的灰白色，身子都**僵硬**了，似乎已死去很久。

隊員繼續在附近搜索，陸續發現其餘四個恐怖分子的屍體，還有相信是屬於他們的機關槍。

只剩下那位受害女子黃絹的屍體尚未找到，那時每個隊員都相信她已經死了，**問題**只是屍體在哪裏？

就在這個時候，又有隊員忽然大叫：「看，前面有煙冒出來！」所有人向前看去，果然有煙冒出來。另一個隊員說：「只怕是溫泉冒出來的**熱氣**吧，怎麼會有煙？」

隊長卻說：「不管怎麼樣，快去看看！」

他們立時朝煙的方向趕去，竟然在一個**山洞**裏，真的看到了生還者，而且是兩個——黃絹和原振俠！

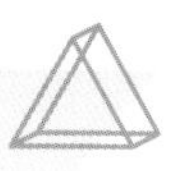

原來過去幾天，原振俠在洞口找到了灌木叢，折了下來，用打火機燃起了一個**火堆**取暖。原振俠身上有一些乾糧，勉強能果腹一陣子。

有時運氣好，會有雷鳥撲進山洞來躲避暴風雪，原振俠和黃絹毫不客氣，合力將雷鳥捉住，放在火堆上烤來吃。

維持了**六十多小時**的暴風雪，他們就是這樣熬過去。

特別小隊那七位經驗豐富的警官，迅速檢視兩人的身體狀況，隊長訝異地問：「你們是靠什麼生存下來的？」

原振俠回答道：「我們運氣好，找到了一個山洞。」然後他又緊張地問：「我還有一個**同伴**，你們是不是發現了他？他的名字叫鐵男！」

那七位警官一聽到鐵男的名字，都不由自主地罵了起來，隊長指着原振俠道：「你就是和他一起的那個男子？」

原振俠嘆了一聲，「是的，但現在不是**追究責任**的時候。大風雪一颳起，我便和他失散了，他可能就在附近，請快去找他！」

隊長立即與搜索泉吟香的指揮部取得**聯絡**，又調動了一批人來幫忙。可是時間一天一天過去，依然未有結果，直到第八天的中午，搜索隊的兩個隊員在厚厚的積雪下發現了一個**降落傘**，令大家對搜尋泉吟香重燃一絲希望。他們隨即在那附近展開極細緻的搜索，終於找到了鐵男和泉吟香，立時通知所有人。

不到一小時，至少已有二十個人趕到現場，包括了原振俠和黃絹。他們看到鐵男的身子有一大半埋在雪中，只有頭部、上半胸和一隻手臂露在雪外。他青白色的臉上、頭上、眉上，都結滿了白色的***冰花***，一看便知，已經是一個死人。

而泉吟香則側臥着，有一半臉和一半身子在雪外，也是人人都能看出，她已經死了。

原振俠一看到鐵男的情形，立時**大叫**着跑過去，「鐵男君！」

他一面叫，一面抱住了鐵男的頭，鐵男的頭是*冰冷*

的。黃絹也奔過來，撥開積雪，令泉吟香整個臉都露出來，接着突然驚呼：「天！**她還活着**！」

所有人在剎那間都呆住了，泉吟香看起來雖然十足是個死人，但黃絹撥開積雪後，發現她鼻孔附近，有一些雪花漸漸**融化**，這證明泉吟香還有呼吸！

「快！快來為她急救！」原振俠也大叫着，然後半刻

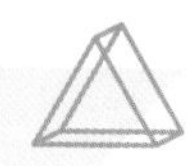

也不敢怠慢，迅即為泉吟香作人工呼吸。

其他隊員這時才如夢初醒，紛紛上前協助，而隊長亦立即通知直升機趕來，把傷者送院搶救。

# 第十六章

眾人為泉吟香急救了一會後，她的口唇**顫動**起來，發出低微的聲音：「我……死了嗎？」

原振俠連忙說：「你沒有死，你沒有死！」

救護直升機來到後，泉吟香立時被抬上擔架，送上直升機。在擔架上，泉吟香**惴惴不安**，伸出手來緊握着原振俠的手不肯放開，堅持要原振俠陪她一起登機。

原振俠登機之際，想在人叢中尋找黃絹，卻找不到。

他大叫了兩聲，沒聽到黃絹的回答，只好隨着直升機離去。

在直升機上，泉吟香看來很平靜，閉着眼，呼吸也很平穩。醫生望着她，難以置信地喃喃道：「這是不可能的事，沒有人可以在這樣的情形中活下來！」

這句話震撼了原振俠，輕見博士、卡爾斯將軍，現在加上泉吟香，都是在不可能的情況下活過來的！

另一邊，黃絹原來上了警車，接受警方的問話，那七人特別小隊的隊長問她：「小姐，請問你是怎麼和恐怖分子扯上關係的？」

黃絹冷冷地說：「我不知道。」

這樣的回答當然不能滿足警方。隊長又說：「小姐，請你跟我們走。」

黃絹怔了一怔，「我被捕了？」

隊長很客氣，但也很堅決：「不是，但由於牽涉到恐怖分子，我們有許多問題要問你，所以你必須和我們合

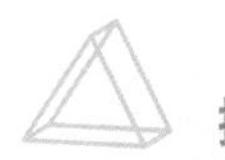

作。」

黃絹抬頭望向天空，看着原振俠乘坐的直升機漸漸遠去，淡然地答應了一聲：

原振俠到了東京的醫院後，看見泉吟香得到眾多醫生和護士照料，總算功成身退，便立即想去找黃絹。可是黃絹尚未找到，他倒成了大批記者採訪的對象。一直到了第二天，他才有黃絹的下落，他接到警方的通知：

黃絹身在東京，接受警方的**保護**。

原振俠趕去見黃絹時，她是在一家大酒店的房間中，兩名警官帶着他進去，看見黃絹正站在窗前注視着窗外。

原振俠走近她，想輕輕將她摟住，但黃絹**刻意**避開，移過了一步。

原振俠立時感到了她的冷淡，心裏十分疑惑，他們經歷過**生死關頭**，而且黃絹也是因為擔心他，才會來日本救他的，兩人應該順理成章走在一起，但黃絹為何要避開他？

他正想開口之際，黃絹已快一步支開話題：「日本警方要將我遞解出境。」

「為什麼？」原振俠很**訝異**。

「我沒有解釋清楚為何會與恐怖分子扯上關係，他們擔心恐怖組織會繼續來日本鬧事，為免**夜長夢多**，所

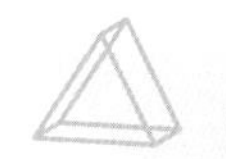

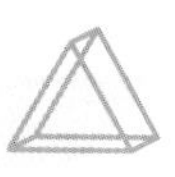

以將我列為不受歡迎人物。」

「那你為什麼不解釋清楚，是卡爾斯收買恐怖分子來抓你的，你是**受害者**！」

黃絹淡然道：「我和你都答應過卡爾斯，不會把那天發生的事告訴別人。」

「可是他**違反承諾**在先，竟然派人來傷害你！」

「他沒有傷害我，只是想請我去見他而已。」

「你居然還幫他說話？」原振俠感到很**氣憤**。

「別談他了，我快要離開，趕快說一下泉吟香的狀況吧。她被送到醫院，照過X光片了嗎？」

「什麼意思？」原振俠怔了一怔。

黃絹說：「她的腦部一定也有着神秘的金屬片！」原振俠被她**一言驚醒**，她繼續說：「卡爾斯渴不死，輕見缺氧不死，泉吟香凍不死，他們全是同類人，和普通人不同。對比一下便知道，鐵男的體格狀況應該

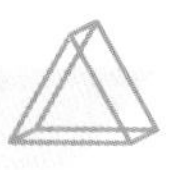

比泉吟香好，兩人在同樣惡劣的環境下，一個生存，一個死亡。生存的那個，一定是那一類人！」

原振俠無法否認這一點，苦笑道：「如果真有那一類人的話，那麼他們可稱之為『天人』了。」

黃絹低下頭，原振俠還有很多話想對她講，可是兩名警官已走進來，說：「黃小姐，你該啟程到機場去了。」黃絹倒也爽快，立時跟着兩位警官離開。

「黃絹！」原振俠想叫住她，但當然沒有用，只能目送着她的背影。

這時又有兩名警官走過來，其中一個問：「原君，你是和鐵男一起去追逐泉小姐那架飛機的，我們有些話要問你。」

原振俠嘆了一聲，反問：「黃小姐會被送到什麼地方去？」

兩個警官互望了一眼，一個回答他：「我們不方便透露，只能説，她是從哪裏來，便送她回哪裏去。」

他們接着便**盤問**原振俠：「鐵男為什麼要追逐泉吟香？」

原振俠聳聳肩道：「不知道。」

大阪警局方面也送來了鐵男的資料，關於鐵男曾懷疑泉吟香**掘墓**一事，原振俠的回答依然是「不知道」。盤問連續進行了三天，警方相信在他口中真的問不出什麼了，才准許他離去。

那時鐵男的屍體已經下葬，他站在好友的墳前，寒風加倍刺骨。原振俠**默默**將一大束鮮花放在墳前，後退幾步，正呆立着的時候，忽然聽到身後有細碎的**腳步聲**漸漸走近。他看到一個苗條的身影從他身邊走過，彎下腰，將手上一大束**洋菊花**放在墓前。

那女郎用圍巾包着頭，原振俠一時之間沒看清她的容

貌。直到她放下花，站直轉過身來時，原振俠才「啊」地

一聲叫了出來——那是**泉吟香**！

泉吟香注意到原振俠的訝異反應，低聲道：「我是從**醫院**中逃出來的。」

原振俠依然很訝異，泉吟香笑了一下，「兩個護士都是我的影迷，她們幫我溜出來。鐵男君是一個好人，雖然固執一點，但他是個好人，我必須到他墳前送一束花。」

原振俠低下頭，嘆了一口氣，「鐵男臨死之前，終於得到他想知道的**答案**了嗎？」

泉吟香深吸一口氣，「這也是我偷走出來的原因之一，我答應過鐵男君，會把事情告訴他！」

原振俠怔了一怔，沒有再說什麼。

泉吟香來到墓碑前，先是深深地**鞠躬**，然後才開口道：「鐵男君，是的，是我掘開輕見小劍博士的墓，還將他的頭骨砍下來，那是我做的。我知道你一定會問，我為

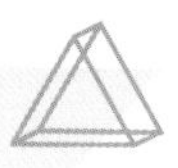

什麼要做這樣可怕的事？我的回答或許會令你**失望**，但那是真的，我不會去欺騙一個死去的人。我的回答是：我不知道！我**真的不知道**自己為什麼會做這樣的事！」

# 第十七章

泉吟香居然說不知道自己為什麼會掘輕見博士的墓，把責任推得一乾二淨，原振俠忍不住叫道：「這像話嗎？」

泉吟香一副**惘然無奈**的神情，繼續說：「我真的不知道，對我來說，那像是一場夢。只是那夢太**清醒**了，我記得自己曾經做過的一切，卻又完全不知道為什麼要這樣做！」

她吸了一口氣，開始敘述事情的經過：「有一天晚上，

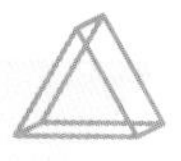

我已經睡着了，夢境就在那時候開始，我突然醒過來，感到要去做這件事。在那以前，我根本不知道有一個人叫輕見小劍，更不知道他已經死了，也不知道他的墓在什麼地方。我到大阪來是拍外景，但我居然感覺到自己一定要做這件事，一切全像夢一樣！」

原振俠留心聽着，泉吟香講得非常真摯，不像説謊。

泉吟香繼續敘述：「我醒來後一直在想，必須去做這件事。但是怎麼做呢？至少要有工具才行，我有那麼大的氣力，可以將一個墳掘開來嗎？直到天亮，我吩咐助手去買了一些必要的工具，放在我的車子行李箱中。」

「有了工具，當晚我又突然醒過來，不由自主地單獨行動。一切異常順利，我掘開了輕見的墳，撬開棺木，將他的頭用利斧砍了下來。當我完成這一切，準備離開之際，忽然又感覺到附近還有一個墳，我也應該去掘開它，做同樣的事——」

聽到這裏，原振俠**吃了一驚**，他記得第一次遇見黃絹時，黃絹曾說她父親的墳好像也被人弄開過。

泉吟香仍在說着：「那個墳好像是屬於一個姓黃的人，我將**棺木**中屍體的頭又砍了下來——」

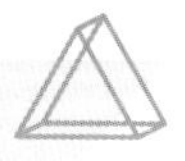

原振俠的心跳得很厲害，原來黃教授的屍體也變成了無頭屍，那又是為了什麼？難道黃教授的頭部也有着秘密，同樣是「天人」？

這時連泉吟香自己也雙手掩住了臉，**哽咽**道：「太可怕了！現在想起來，真是太可怕了！一切像是做夢一樣，我實在不知道自己為什麼要那樣做，好像有人在命令我。而那種命令是發自我**心底深處**，我無法抗拒！」

兩人都大口大口地吸着氣，等到略為鎮定了些，原振俠才吞了一下口水問：「那兩個被砍下的頭顱，你怎麼處理？」

「我……做了那**可怕**的事後，便開車回酒店，在半途，將那兩個——拋了出去——」

原振俠怔住，隨即追問：「你還能記得拋出頭顱的地點嗎？請好好**想想**！」

泉吟香皺着眉，「或許再經過那條路，我可以記得起來。」

「那還等什麼？帶我去！」原振俠着急道。

泉吟香現出了疑惑的神情，「它們……有這麼**重要**嗎？」

那兩個頭顱可能藏着金屬片，可能藏着巨大的秘密，但不是**三言兩語**可以向泉吟香解釋清楚的，所以原振俠只是堅定地回答她一個字：

他們向鐵男的墓碑深深地鞠躬後，便立刻

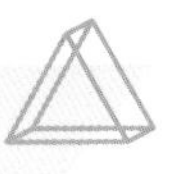

起程，沿當晚的那條路再走一次，希望泉吟香能記起拋掉頭顱的地點，然後她還要趕着回東京的醫院去。

原振俠突然想起一件事，連忙提醒她：「泉小姐，回到醫院後，一定要拒絕醫院對你的頭部作X光檢查，別讓任何人看到你頭部的X光片！」

泉吟香一隻手開車，另一隻手按住了自己的頭部，感到十分疑惑。原振俠解釋道：「這是我作為醫科生給你的忠告，X光照射對人體多少有點害處。」

「多謝你關心，我已經完全康復了，我想醫生不用這樣檢查我的腦部。」

泉吟香開着車，原振俠的思緒十分雜亂，想着許許多多的事情，包括「天人」的事、黃絹的事，還有他死去的幾位好友——五郎、陳山和鐵男。

車子不知道駛了多久，泉吟香突然停下了車，望向右側，仔細看了一會，然後用極低的聲音說：「應該就在這裏。」

原振俠立時循着泉吟香的目光向右看去，路旁是一幅雜草叢生的空地，空地再過去是一家酒廠。在空地上，堆着一些棄而不用的酒罈。原振俠望着泉吟香，問：「是這裏？」

泉吟香點了點頭，聲音有點發顫：「我……不想再見到……它們。」

原振俠了解她的心情，點了點頭，打開車門，就向那幅空地走去。

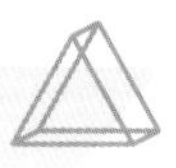

空地上的草早已枯黃，枯草結成了一團，最近又下過雪，腳踩在積雪上發出「滋滋」的聲音。

原振俠估計頭顱不會離路邊太遠，所以他走了幾步，又往回走，一面走，一面用腳撥開厚厚的積雪，在一叢枯草的旁邊，終於看到了一個骷髏頭！

那骷髏頭半埋在積雪裏，原振俠的心怦怦地跳了起來，這是輕見博士的遺骸，還是黃應駒教授的？每個人死後的骸骨，看起來沒有多大分別。

原振俠深深吸了一口氣，撿拾起那個骷髏頭，突然聽到泉吟香的一下呻吟聲，接着是車子發動的聲音，當原振俠轉過頭時，泉吟香的車子已經疾馳而去了。

泉吟香為什麼要突然離去？原振俠想不明白，但這時他沒心思去想其他，只顧拿起那骷髏頭細看，登時發出了一下驚訝的聲音。

因為他看到，這頭顱就像那考古學家海老澤當作寶貝的勘八將軍頭骨一樣，有着一線金屬**光澤**，原振俠一看就認得，那是金屬片的邊緣——一片嵌在人腦中的金屬片！

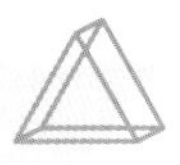

空地上的積雪本來就十分眩目，這時原振俠更感到一陣頭暈，幾乎站立不穩。當他勉力站定身子時，又看到了另一個骷髏頭，就在他的腳邊。

泉吟香説得不錯，她的確連續砍下了兩個死人的頭顱來，一個是輕見博士的，另一個是黃教授的。原振俠看到了另一個之後，馬上又俯身去拾，在他的手還未碰到那頭骨之際，他整個人已呆住了。因為陽光正從西邊照過來，在那骷髏頭的頂部映照出一線金屬的閃光。

那頭骨內也有着金屬片！

兩個頭顱都有金屬片，那表示：輕見小劍和黃應駒同是「天人」！

# 第十八章

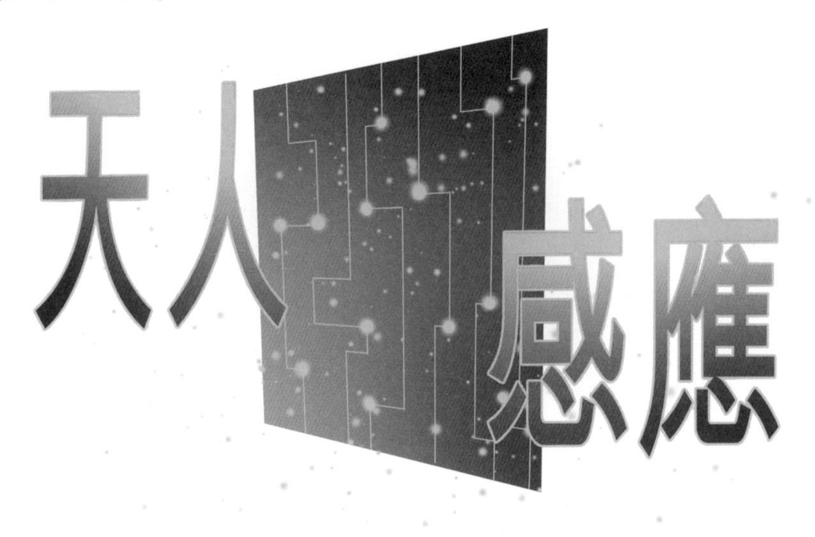


原振俠此刻的思緒非常亂，最初他只知道輕見博士和卡爾斯將軍是「天人」，後來發現泉吟香也可能是，但如今又多了一個黃應駒博士。他感到匪而所思，心中不禁在想：世界上到底有多少個這樣的「天人」啊？他甚至不由自主伸手摸了摸自己的頭，懷疑自己的腦袋裏，是不是也有着這樣的一片金屬！

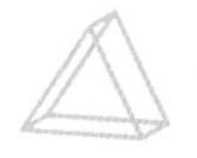

原振俠在一個酒罈上坐了下來，竭力思索着那一大堆謎團。他想起了陳山，陳山是研究嵌在勘八將軍頭顱中的鋼片時猝然死亡的。他的死又證明了另一件事：有一種神秘力量，在極力保守着「天人」這個秘密！

然而，原振俠立時又感到疑惑，為什麼自己知道了這個秘密卻還活着？

黃絹顯然也知道這個秘密，她甚至在那小型X光儀中，看到了卡爾斯腦中的那片「陰影」，何以她亦不用死？

原振俠一直坐着發怔，不知坐了多久，天色已經黑下來了。他抵住寒冷脫下外衣，將兩個骷髏頭包好，挾在腋下，然後沿着公路邊向前跑，嘗試截順風車載他一程，可是他奔出了將近兩公里，還是沒截到車。

他停下來，喘着氣，一輛黑色的大房車擦身而過，

可是頃刻間，那車子又突然主動倒退回來，停在

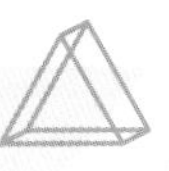

他旁邊。

終於截到順風車了，原振俠心裏想，但是車門打開，一個中年人走了出來，手裏拿着一張原振俠的**相片**，對比了一下，欣喜道：「原先生，真的是你！」

原振俠馬上意識到，這輛車不是他截下來的，而是主動要來找他。

此刻**天寒地凍**，原振俠也不理會這中年人是什麼來路，一下子就上了車，然後發現車內還有另外兩個人，裝束神情都和那中年人差不多。

那中年人也上了車，坐在原振俠身邊，說：「我們在東京找你，知道你到大阪來了，所以趕來大阪。**真巧**，在這裏見到你。」

「你找我有什麼事？」原振俠**大惑不解**。

「黃小姐想請你去見她。」

原振俠不禁心頭一震，問：「黃絹？」

「對，是黃絹小姐。」

原振俠喜出望外，他本來以為很難再見到黃絹了，因為黃絹沒留下任何聯絡的方法，卻沒想到黃絹會主動邀他見面。他連忙問：「我要到什麼地方去見她？」

那中年人說：「你不必問，全聽我們的安排就好了。」

雖然原振俠覺得事情很古怪，但只要有萬分之一的機會能見黃絹，他也願意冒險。

車子高速行駛，原振俠留意到車子是駛向東京的，忍不住問：「黃小姐在東京？她不是被遞解出境了嗎？什麼時候回來的？」

那中年人笑而不答，直到車子駛至羽田機場，原振俠才知道自己還要坐飛機，方能見到黃絹，她並不在日本。也直到這時，原振俠才知道那中年人是阿拉伯一個

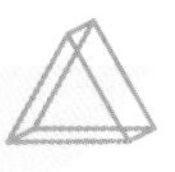

酋長國的外交人員，因為對方帶原振俠登上了他們國家的專機，不必通過任何**檢查**，所以原振俠挾着兩個骷髏頭同行也沒有被查出來。

原振俠在機艙中坐定後，飛機立即起飛。原振俠已猜到目的地是哪裏，問道：「我們是去見黃小姐，還是去見卡爾斯將軍？」

那中年人説：「是見黃小姐，不過沒有分別，你真聰明，難怪將軍説你是一個**傑出**的年輕人。」

原振俠心頭一震，黃絹居然真的去見卡爾斯了！是她**自願**的？還是卡爾斯又派人將她**擄去**？

如今飛機已經起飛了，但就算未起飛，原振俠也不打算逃走，他要去見黃絹，要弄清楚黃絹有沒有受卡爾斯的脅迫或傷害。

原振俠估計航程將近二十小時，他把椅背推向後，想躺得舒服一點，同時又將那外衣包裹移到膝上。

那中年人問：「要把東西放到置物架去嗎？可以舒服一點。」

原振俠答：「不必了，這包東西很重要！」

那中年人好奇道：「那是什麼？」

「是兩個人頭。」原振俠毫不掩飾，還將外衣解開了一些，讓那中年人看了一眼內裏的骷髏頭。

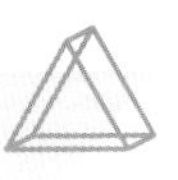

那中年人嚇得面無血色，原振俠卻淡然一笑，閉上眼睛，舒服地躺了下來。

另一方面，泉吟香遵守對那兩個幫她離開醫院的護士的諾言，趕及在當天開車回到東京，直駛回醫院去。

但醫院早已發現泉吟香偷走，並且查出是那兩個剛從護士學校畢業的小姑娘幫她逃出去的。

兩人自然捱了一頓痛罵，其中一個小姑娘含着淚，語意堅決地說：「泉小姐一定會回來！她答應過我們，一定會回來！」

主治醫生仍兇狠地痛罵：「泉小姐的情況還未完全恢復，要作進一步觀察。如果因為你們任性妄為，導致她病情惡化，你們要負全責！」

兩個小姑娘臉色煞白，也就在這時候，病房的門推開，泉吟香終於趕回來了，冷靜地說：「我回來了！我覺得自己已經完全復原，根本可以出院！」

兩個護士看到泉吟香回來，登時感動得**淚流滿面**。

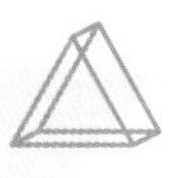

主治醫生連忙勸道：「泉小姐，不行啊，你還未能出院。」

雙方爭論起來，最後驚動到院長親自來處理，院長嚴肅道：「泉小姐，你要出院，至少再接受二十四小時的觀察吧。」

泉吟香嘆了一口氣，「好，最多二十四小時，不准食言！」

她吃了藥，喝過水之後，便躺在牀上休息。

她感到自己的思緒如同迷失在濃霧之中一樣。從那天晚上，她掘開了兩座不認識的墳，做出了那麼可怕的事開始，她就有了這種感覺。

她完全不理解自己的行為，就像她停車在路邊，看着原振俠在空地上尋找頭骨時，突然之間開車離開一樣，她不知道自己為什麼要這樣做！

她只知道自己一定要這樣做，那是她腦裏自然而然產生出來的感覺。當她下定決心要去掘墳時，當她突然開車撇下原振俠時，當她不顧危險，駕着飛機逃避鐵男的追逐時，她都有着這種強烈的感覺。

而這種感覺，現在又來了！

她的身體雖然躺着，閉上了眼睛，可是腦裏卻突然有一股衝動要去做一件事，使她蠕動着身子，又站了起來。

她站起來後，搖搖晃晃地來到了病房的門口，打開門，向外面看去。

趁着走廊沒有人的時候，她的手腳突然又敏捷起來，迅速穿過走廊，跑下樓梯，再從醫院大門竄了出去。

她一離開醫院，就截到了一輛計程車，説出她經理人的地址。

那計程車司機在倒後鏡中不斷打量着她，終於忍

不住問：「是泉吟香小姐？」

泉吟香十分**鎮定**地回答：「不是，我長得有點像她，被人誤認不止十次了。」

# 第十九章

經理人從睡夢中被泉吟香吵醒，一聽到泉吟香要做的事，雙眼睜得極大，叫了起來：「天，你是什麼時候起了這樣的念頭？」

泉吟香自己也不斷地想：我是什麼時候起了這個念頭的？我為什麼覺得一定要這樣做？

她只記得當時躺在病牀上，思緒十分

，腦海

中想着許多事，大概在想到原振俠忠告她，別讓人對她的頭部作X光檢查時，她突然就有了那種感覺，覺得有一件事非做不可，她也説不出原因來。

泉吟香沒有向經理人説明這一切，只説：「請你替我去辦，如果你不肯，我去找別人！」

經理人近乎哀求道：「小姐，你有三部戲在身，又有兩張唱片等你灌錄。而你……卻要我替你安排到中東旅行？」

「是的。」泉吟香很堅定，「立即要去，愈快愈好！」

泉吟香強烈感覺到，自己一定要到中東的某一個地方去。她還感應到，那個地方是個**山區**，從以色列可以到達，所以她的第一站是特拉維夫。

到了之後應該怎麼走？泉吟香這時也不知道，可是她並不***擔心***，到時她自然會懂得該怎麼走。因為這種情形已不是第一次發生了，當日她突然感覺到要去挖掘墳墓時，也是到了墳場之後，就自然而然地懂得去挖哪一個墳。

經理人哭喪着臉說：「你去**旅行**，是不是要趁機宣傳一下？」

泉吟香堅決道：「絕不能讓任何人知道，絕不能！」

經理人***無可奈何***地嘆了一聲，只好照泉吟香的意思去辦。

另一邊，經過了***漫長***的飛行後，原振俠到達了卡爾

斯將軍的國度。

飛機降落後，原振俠看到一輛吉普車疾駛過來，駕駛者一頭長髮迎風飄揚，正是黃絹！

原振俠下機時，黃絹已站在車邊等待他，伸手和他相握。

「你好。」黃絹的手是冰冷的，和她的態度一樣。

原振俠嘆了一聲，也用幾乎陌生的口氣說：「你好。」

　　他們上車後，吉普車在黃絹的駕駛下，像野牛般橫衝直撞地駛離機場，當經過有武裝

士兵守衛的關卡時，全體士兵都舉槍向車子致敬。原振俠帶着譏諷的意味說：「你好像是這個國家的主人一樣。」

　　黃絹向車頭一指，「如果你有留意的話，應該注意到車前有一塊金牌，表示這輛車是卡爾斯將軍所有的。」

「你來了並沒有多久，可是看起來，已經完全取得了他的信任。」

「對，絕對的信任。」黃絹說：「他欣賞我的膽識和能力，而我使他知道，他是一個與眾不同的人——你曾經給那樣的人，取了個名字。」

「是的，天人。在我這裏，就有兩個天人的頭顱，一個是輕見博士，還有一個——是你的父親。」

黃絹吃了一驚，雙手抖震，以致車子忽然在公路上打起轉來，塵土飛揚。她深深地吸了一口氣，說：「看來我們要先單獨談一談！」

她將車子駛到路邊，原振俠解開了裹着兩個頭顱的外衣，向她講述這兩個「天人」頭顱的由來。黃絹靜靜地聽着，神情一時激動，一時平靜。

聽完後，黃絹說：「我們趕快去見卡爾斯，讓他看看這些天人的證據，那麼他就完全相信我的話了。」

「為什麼？」原振俠忍不住問：「為什麼要替這個**暴君**效力？」

「這樣有什麼不好？」黃絹說：「就算我不替他效力，他也一樣會做盡壞事。但如果我留在他的身邊，或許還有

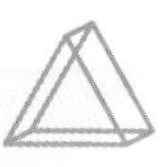

機會出現新的景象。有權力，才可以改變世界。」

「可是你別忘記，他曾經對你圖謀不軌！」原振俠激動道。

黃絹自信地笑了笑，「但你也別忘記，我給了他很大的教訓。」

「你簡直是在拔老虎的鬚！」

「不入虎穴，焉得虎子？」

黃絹一邊開車，一邊將自己取得卡爾斯信任的過程敘述了一遍。

原來她被日本遞解出境後，一到達香港，已經有卡爾斯派來的人在「恭候」她。黃絹也想見一見卡爾斯將軍，所以便跟隨那些人，登上為她準備的專機。

到達目的地後，她和卡爾斯將軍見面，劈頭第一句就說：「將軍，你是一個與眾不同的人，在你的腦部有着一片金屬片。**尋常人**在這種情形下早就死了，可是你不同，你是『天人』！」

卡爾斯一時之間當然聽不懂黃絹的意思，黃絹再解釋說明了一下，卡爾斯隨即**狂笑**起來，手舞足蹈，「我

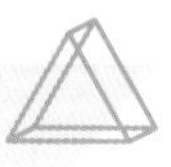

和常人不同？我是『天人』！是上天派來統治全世界的！」

黃絹糾正他：「只是不同，並不見得你就可以統治世界，據我所知，至少也有另外兩個人和你一樣，一個是古代的大將軍，另一個是醫院的院長。而且，這個秘密絕不能讓人知道。知道的人會被一種神秘力量所殺，我父親就是這樣死的！」

卡爾斯瞪着黃絹，質問：「可是你也知道了，為什麼不死？」

這個問題黃絹也想不通，她說：「這當中還有一些謎團，我仍未能解開，所以我才願意來見你。」

「你又想檢查我的腦袋？」卡爾斯怒問。

「你不想知道自己有什麼特別之處嗎？」黃絹反問。

原振俠在疾駛的吉普車中，聽黃絹講到這裏時，不禁緊張得手心冒汗，追問道：「他答應了？」

黃絹點點頭，「答應了，我替他照了一次X光。」

「*你不怕***死**？」原振俠訝異道：「那麼你已經看過結果了嗎？」

「看過了。」黃絹打開了車中的一個**箱子**，說：「結果就在裏面，如果你想看，可以看，如果你害怕，就別看了。」

原振俠看到箱子裏有一個**牛皮紙袋**，他心頭怦怦亂跳，但既然黃絹看了也沒有事，他還怕什麼？立刻就打開來看。

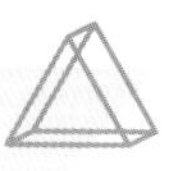

原振俠從牛皮紙袋中抽出了X光片來，那是個頭部的照片，拍得極好，可以清楚看到在大腦的左右半球之間有着一大片陰影，極像一片金屬片的陰影！

原振俠在看了一眼之後，曾**擔心**過會否立即發生什麼意外，使他猝死。但過了近半分鐘也沒有什麼異樣，他相信自己**安全**了，疑惑地問：「為什麼我們看了卻沒有事？」

黃絹搖着頭，開玩笑道：「不知道，或許我倆與眾不同，也是天人。」

原振俠立時說：「不對，黃教授是天人，已經有他的骸骨作證明，但他就是在看X光片時發生意外的！」

原振俠提出的反證，黃絹**無可反駁**，原振俠又問：「卡爾斯看過自己的X光片嗎？」

黃絹忍不住笑了出來：「他本來要看，可是最後一刻還是不敢看，只叫我**形容**出來。」

「他肯相信你？」

「為什麼不信？就像算命師說一個人是皇帝命，那個人當然樂於相信。」黃絹笑道：「卡爾斯知道自己與眾不同後，更**狂妄**地認為自己是神的兒子。」

原振俠悶哼了一聲，「他本來就是一個狂妄的野心家。」

「但有一件事相當**怪誕**。卡爾斯在知道自己是天人之後，就說要和神溝通，開始靜坐、冥想。誰知他靜坐了一天之後，突然說自己有極強烈的感覺，要到一個地方去。在那裏，他可以找到這類人的**根源**。」

原振俠不禁呆了半晌。黃絹又說：「所以我才請你來。」

接着兩人都靜默了，沒有說話，直至來到卡爾斯的辦

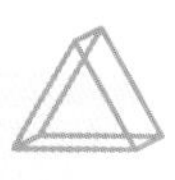

公室，卡爾斯着急地衝到原振俠的面前說：

原振俠很沉着，「嗯，我來了，將軍。」

卡爾斯立時轉向黃絹：「我真不明白，為什麼要等他來了，我才能出發？」

黃絹說：「我已經說過了，整件事從開始起都有他的參與，他知道的比我還多，而且他還帶來了兩個頭骨，其中一個是我父親的，我想你可以看一看。他們生前和你一樣，腦中有着金屬片，都是天人。」

卡爾斯先是一怔，接着就憤怒起來，「胡說！神派來的人不會死，他們不是，我才是！我已經和神接通感應了，若不是你阻撓，我早就出發去見祂了！」

「你已經知道了確切的地點？」黃絹問。

「還不知道，但到了那裏，神自然會指引我去。」

「可是，你至少要知道往何處去。」原振俠說。

「這個當然知道！」卡爾斯指着黃絹和原振俠，「你，你，跟我一起去，你們將成為我最忠實的僕人，在我的豐功偉業中佔一席位。」

卡爾斯轉過身來，大喝一聲，一個軍官立時推着一個巨大的地球儀，來到他的面前。

卡爾斯用力轉了一下地球儀，然後突然按停了它，指

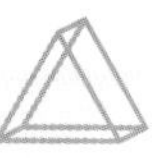

着一處地方。

黃絹和原振俠看到他所指的地方，不禁互望了一眼，那是**中東的*死海***！

# 第二十章

由於卡爾斯跟以色列的關係不好，所以只能取道約旦，到死海邊上去。

黃絹立即替卡爾斯指揮官員去安排行程，看起來，黃絹已經成為了這個國家權力第二高的人，完全取代了以前的高級顧問羅惠。

黃絹對卡爾斯說：「就我們三個人去，不會有人知道我們的行蹤。到了約旦首都安曼之後，我們以普通人的身分行動。」卡爾斯連連點頭，完全信任黃絹的安排。

另一邊，泉吟香也出發了，她的路線和卡爾斯不同，但目的地卻是一樣。

**傍晚**，夕陽西斜時分，泉吟香一直開車駛到海邊，

當她停下車，望着死海**色彩變幻**的海面時，一輛車子迎面駛來，同樣停在這個地方。

泉吟香開門下車，看到一個身形相當**高大**的人，也從那輛車上走下來。泉吟香有點不由自主地向他走去，那身形高大的人也向她走來。

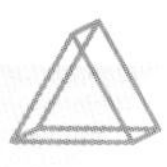

泉吟香甚至沒有注意到跟着下車的原振俠和黃絹，只**注視**着來到了她面前的卡爾斯説：「應該很近了！」

泉吟香回答道：「是，應該很近了！」

原振俠和黃絹極**疑惑**地互望着，難道泉吟香和卡爾斯是認識的？那是不太可能的事！

卡爾斯伸手向前一指，「是在那裏！」泉吟香也跟着點了點頭。

原振俠和黃絹循卡爾斯所指的地方看去，那是海邊一個相當高的土崗所形成的**峭壁**。

一個狂妄而充滿野心的將軍，和一個嬌柔美麗的女明星，已迫不及待向他們的目的地走去。那一段路雖然不遠，卻並不好走，海邊有不少凌亂的**石塊**，但他們意志堅定地走着。

沒多久已經來到那峭壁，卡爾斯和泉吟香在一道極窄

的山縫前面停下來，那山縫只能供一個人側身擠進去。

卡爾斯首先從那山縫中擠了進去，接着是泉吟香。原振俠**猶豫**了一下，黃絹說：「看情形，這裏面就是神秘

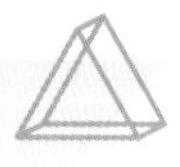

力量的來源！」

原振俠也有同感，點了點頭，「他們是天人，我們不是，我們能進去嗎？」

兩人猶豫着之際，裏面突然傳出一陣尖鋭而短促的怪異聲響來。原振俠立即擠進去，黃絹也跟着，他們發現那是一個山洞，愈往內走，愈是寬闊。山洞內本應很黑暗，但洞壁的石塊上卻有着柔和的光芒。

他們走了約莫一百米，幾乎不能相信自己的眼睛，因為他們看到了**一扇門**，閃着灰白色的金屬光輝，而那種急促尖銳的聲音，就是從這扇門後面傳出來的。

他們不約而同地伸手去推門，手還未碰到那扇門，門就**自動**向着一邊移開了。

當門移開後，原振俠和黃絹真正呆住了！

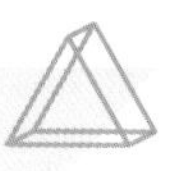

那是一個極大的空間，估計有一百米見方，四壁全是密密麻麻的櫃子，櫃子上滿布着緩緩閃動的光點，有點像電腦數據中心，但看起來先進得多，也宏偉得多。

而整個空間的正中央，有一個圓柱形的物體，頂端是一個正在旋轉着的橢圓形球狀物，尖銳短促的聲音就是從這個球狀物發出來的。而泉吟香和卡爾斯，就站在那個高高的圓柱體前面，神情莊嚴得如同在朝聖一樣。

原振俠和黃絹走過去，還沒有來到那圓柱體前，就聽到卡爾斯突然叫了起來：「不，不是！我是神派來的！我負有偉大的使命，是全世界的統治者！」

他神情激動，用力敲打着那圓柱體，繼續大聲叫：「不，我和所有人不一樣，絕對不一樣！」

在他狂叫的時候，泉吟香轉過頭來，神情和卡爾斯完全相反，平靜地說：「我倒覺得很高興，和普通人一樣，有什麼不好？」

卡爾斯憤然**轉身**，對黃絹說：「走，我們走！」

「你知道了一些什麼？」黃絹問。

卡爾斯沒回答，氣沖沖地走了出去，黃絹只好追着。

原振俠望着泉吟香，看見她神情平靜，實在不明白，何以兩人的反應**截然不同**？正當他想問泉吟香之際，那旋轉橢圓體所發出的尖鋭聲響突然停止，換成另一種不和諧的聲響，然後傳出一把清晰的語音說：「你不是我們選定的**研究對象**。」

原振俠呆住了，那聲音在對他説話嗎？他心中充滿疑惑之際，那聲音又響起：「泉吟香是，你不是。」

「對。」原振俠開口道：「她腦中可能有一片金屬片，卡爾斯也有，我應該沒有。你是誰？」

那聲音聽起來清晰而平穩，一點**感情**也沒有：「我

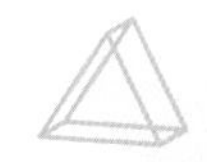

是誰，向你解釋太**困難**了。簡單來說，我們在這裏設立了一個研究站，專門研究你們這種生物。」

原振俠吸了一口氣，聽到對方把人類稱為「你們這種生物」，已大概明白了，**不由自主**地抬頭

往上望，雖然在山洞裏望不到天空，但他已經明白，這裏的一切和神秘的力量，全是來自天外。

「你說研究？」原振俠疑惑道：「那腦中的金屬片——」

那聲音說：「它能將研究對象的一切思想活動完全記錄下來。」

原振俠不禁又看了一下四周的櫃子，「這裏的一切，全是儲存下來的資料？」

「是，資料已經足夠了。你們這種生物的思想活動其實相當簡單，離不開幾種模式和規律，我們的研究工作可以結束了。」

原振俠怔呆着，那聲音繼續說：「你們這種生物的思想活動，全繞着一個中心打轉，那就是自己的利益。有很多情形，這種利益甚至不是生活必需的。當然，也有

少數例外，不過太少了。」

「那些金屬片……是怎麼嵌進腦中的？」原振俠問。

「嵌進去？當然不是。那是我們利用一種能量刺激，使你們體內的金屬元素自行凝聚，逐漸生長而成的，過程大約需要三年。」

原振俠吞了一下口水，「你的意思是，你們選擇了一個嬰兒，再用一種能量去刺激他，使他的大腦自行長出一片金屬片來？」

「是，你們體內本來就會生長異物。各種結石就有着不同的化學成分，它們也是在各種不同的刺激下，在體內自然形成的。」

「經你們選中的人，就有非凡的能力？」

「怎麼會？我們只不過想記錄和研究你們的思想活動資料，並沒有給予任何力量。」

原振俠馬上反駁：「可是據我所知，那些人都有非凡的**生存**能力，即使缺氧、缺水，甚至在嚴寒之下，也能活過來，那都是普通人無法做到的！」

那聲音解釋道：「嗯，那些對象，我們既然選定了，當然不希望他們太早**消失**。所以當研究對象瀕臨死亡時，金屬片能把那人的大部分身體機能暫時停頓，如同冬眠一樣，幫助他們在惡劣的環境下繼續生存。這種情形其實已不是什麼**秘密**，其中一個對象，曾經在極惡劣的情形下，在一個木架子上掛了三天，結果沒有死，你們稱之為『復活』。這個對象的思想活動資料十分**寶貴**，他是我剛才提及的少數例外之一。」

原振俠的心跳得極劇烈，忍不住斥責道：「使人在惡劣的環境活過來，算是**好事**。但為什麼要害死其他人？單單以我所知，就至少有三個人因此而死。你們致力保守

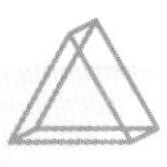

這個秘密，所以將發現秘密的人都弄成『意外死亡』！」

那聲音仍然是如此平靜而不帶感情：「那是意外，發生的概率極微。」

「什麼意思？」

「只有被選中的對象在知道了這個秘密後，會**觸發**金屬片內的機制，使他死亡。我們實在不願見到這種情形發生，但為了保守秘密，也只好這樣做。同樣，我們也可以通過金屬片，去**指揮**實驗對象做一些事。」

原振俠呆了半晌，原來只有被選定的對象知道了秘密後，才會遭到**消滅**。換句話說，死去的黃應駒、羽仁五郎、陳山，他們全是「天人」！

原振俠和黃絹由於不是「天人」，腦中沒有金屬片，所以知道了秘密也不受影響，**安然無事**。而泉吟香會去掘墳，那是因為「他們」經金屬片去指揮她。

「你們選定的對象共有多少人？」原振俠問。

「一直維持在十萬這個數字。」

原振俠張大了口，那等於是**地球**人口的七萬分之

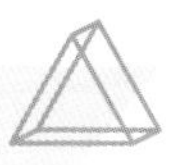

一。每七萬個人之中，就有一個人被他們選中，腦裏長出一片金屬片來，畢生的思想活動都被**記錄**下來。

原振俠吸了一口氣，「你為什麼讓我知道？又為什麼召泉小姐和卡爾斯來？」

「事情快**結束**了，他們兩個是傑出的人物，感應特別強烈，是他們自己要來的。至於你，既然來了，我們也希望在事情完結前，對你們這種生物作一個交代，表達我們並無**惡意**。」

原振俠苦笑着，不知該如何反應。

那聲音又說：「快離開吧，紀錄我們會帶走，這裏的一切會**毀滅**。研究對象腦中的金屬片，我們會令它還原為金屬，讓身體吸收或者排出體外。」

原振俠還有些話要問，但那聲音顯然已經**停止**說話了，他只好和泉吟香一起離開。

走出山縫後，卡爾斯和黃絹已不在，即使回到停車的地方，卡爾斯的車子也不見了，兩人顯然已經離開。原振俠嘆了一口氣，登上泉吟香的車子，一起回日本去。

幾日後，原振俠移動宿舍的衣櫃時，發現輕見博士那張頭部的X光片被壓在衣櫃底，相信是五郎臨死一刻，受金屬片控制，將X光片匆匆藏於衣櫃底，然後才斃命。

又過了幾天，有兩則新聞吸引了我的注意。

第一則：死海的東岸發生一次輕度地震，海邊的一座山頭被震成了平地。

第二則：印度南部一名六十四歲男子，接受X光檢查時，發現腦內藏有一塊十三厘米長的金屬片。醫生不能解釋該塊金屬片是如何放進那男子腦內。

世上知道這真相的人，只有原振俠一個。他知道該男子腦內的金屬片，是「他們」將研究對象腦中金屬片還原時，一個意外的遺漏。黃絹不知道，因為當時黃絹已經離開山洞，沒有聽到那聲音説的話；泉吟香和卡爾斯也不知道，因為所有「選定對象」在金屬片消失的同時，也失去了相關的**記憶**。

至於「他們」收集了人類那麼多的「大數據」作什麼用途，原振俠不知道，也不敢去想。

# 原振俠系列少年版 01 天人（下）

作　　者：倪匡
文字整理：耿啟文
繪　　圖：東東
責任編輯：林沛暘
美術設計：Ctrl G
出　　版：明窗出版社
發　　行：明報出版社有限公司
香港柴灣嘉業街18號
明報工業中心A座15樓
電　　話：2595 3215
傳　　真：2898 2646
網　　址：http://books.mingpao.com/
電子郵箱：mpp@mingpao.com
版　　次：二〇二三年六月初版
ISBN：978-988-8828-52-4
承　　印：美雅印刷製本有限公司